Annemarie Nikolaus: Ridotti al silenzio

# ANNEMARIE NIKOLAUS

# RIDOTTI AL SILENZIO

«Nina, guarda, sono i colori della bandiera italiana. I loro piloti sono i migliori.» Manni aiutò la sorellina a inginocchiarsi sul davanzale. «Quando sarò grande, diventerò italiano anch'io!»

Dalla finestra del grattacielo potevano vedere liberamente fino alla base aerea dove si stava svolgendo l'air show.

«Dipingono il cielo con i colori!» Nina applaudì entusiasta. «Oh, che bello. – Mami, guarda!»

Laura si avvicinò ai bambini, che seguivano con occhi luccicanti le manovre dei piloti acrobati. «È la squadriglia delle Frecce Tricolori.»

Un aereo abbandonò la formazione, si avvitò verso l'alto, virò e volò verso gli altri eseguendo un'ampia volta. D'improvviso, il cielo esplose in una sfera infuocata che eclissò il sole.

«Via!» Laura strappò Nina dal davanzale della finestra.

Poi il pilota solista entrò in collisione con uno dei caccia provenienti dalla direzione opposta; frammenti metallici fendettero l'aria. I vetri tintinnarono.

Laura spinse a terra i bambini. Nina gridò.

Un attimo dopo, i due aerei presero fuoco. Rottami incendiati e fumanti cadevano dal cielo.

«Non piangere, tesoro.» Con la manica della maglia asciugò meccanicamente le lacrime di Nina.

Le finestre erano integre; lentamente Laura si rialzò e sbirciò sopra il davanzale: fuori saliva un fumo nero e denso.

Si precipitò al telefono. «Laura qui. Michael, un pilota

acrobata è appena esploso in volo. Liberami una pagina: tra un'ora sono in redazione.»

I bambini erano seduti sul tappeto; Manni deglutì forte e abbracciò la sorella.

Laura esitò un istante, ma non aveva scelta. «Ti prendi cura tu di Nina, vero? Non uscite di casa! Mami deve andare un attimo a lavoro.»

Nina cominciò a piangere. «Ho paura.»

Laura si inginocchiò accanto a lei. «Faccio venire la signora Breiner. E presto sarà qui anche papà.» 'Speriamo', pensò, afferrando la sua attrezzatura fotografica e precipitandosi giù per le scale. 'Chissà cosa sta succedendo là fuori'.

***

Un fumo acre investì Laura. Dovette ben presto lasciar perdere l'auto: puzzava di bruciato e le fece venire un attacco di tosse. Passando davanti agli edifici in fiamme, in mezzo a vigili del fuoco e ambulanze, raggiunse il campo d'aviazione. I soldati ne avevano già sbarrato un ampio perimetro. Si appese al collo il tesserino di giornalista.

«*Stop, Ma'am.*» Un poliziotto militare la fermò.

Laura mostrò il tesserino. «*Newspaper.*»

Il poliziotto scosse il capo. «*No media, Ma'am. Military area.*»

Da una tribuna distrutta si ergeva la coda di un aereo, di fronte alla quale giacevano a terra diversi feriti. Il fumo faceva lacrimare gli occhi di Laura. «*I'm a journalist!*»

«*No media*» insistette il soldato.

Con la coda dell'occhio, vide che la polizia militare stava fermando un'ambulanza medicalizzata. Decise quindi di lasciar perdere e si diresse verso di essa.

Prima che Laura potesse raggiungerla, il medico e gli

infermieri scesero, ma i soldati non li lasciarono proseguire. Il medico protestò a gran voce, brandendo la valigetta del pronto soccorso, e cercò di oltrepassarli. Tutto inutile: lo bloccarono.

Incredula, Laura rimase a osservare la scena per un attimo, poi guardò di nuovo verso i feriti sul campo d'aviazione: erano lì a cento metri e non permettevano al medico di avvicinarsi. Indietreggiò di qualche passo e iniziò a scattare delle foto.

Poco dopo, seduta alla sua scrivania in redazione, martellava sui tasti: «MP ostacola operazioni di soccorso.»

***

Il marito di Laura tornò a casa soltanto il mattino seguente. «Per molti non abbiamo potuto fare più nulla. Sono stato in sala operatoria fino adesso.»

Nonostante fosse sfinito, Wilfried aveva pensato di prendere i giornali all'edicola. Laura fissò il «suo» giornale: «Catastrofe!» campeggiava a grandi lettere in prima pagina. «Precipitati tre piloti acrobati italiani.» Sotto, le fotografie che lei aveva scattato nel quartiere distrutto. Nessuna, però, delle sue foto del campo di aviazione e neanche una parola sul fatto che la polizia militare aveva intralciato le operazioni di soccorso.

Sfogliò tutte le pagine per due volte, poi telefonò a casa del redattore. «Michael, che ne avete fatto del mio articolo? Come mai nel giornale avete inserito solo notizie d'agenzia?»

Michael si schiarì la voce, ma non disse niente.

«Che sta succedendo? A che gioco stiamo giocando?»

Alla fine Michael rispose: «Abbiamo ricevuto una visita, ieri sera. Come tutte le altre testate della regione. Ci hanno... ecco... 'chiesto' riservatezza.»

«Riservatezza?» sbottò Laura. «Cosa ci può essere di riservato in un evento che ha causato decine di morti?»

Michael continuava a tergiversare. «Loro vogliono solo evitare speculazioni sulla causa del disastro.»

«'Loro' chi? Chi è che ti ha fatto visita ieri?»

«Due in uniforme. Servizi segreti. Si sono portati via proprio il tuo articolo.» Tirò un forte sospiro.

«Ma guarda!» In Laura salì un'ondata di calore. Fissò il ricevitore con gli occhi stretti a fessura, prima di rispondere: «Molto interessante! Allora dovrò riscriverne un altro.»

«Laura! Cos'hai in mente?»

«Li aiuterò a evitare speculazioni. Chi la dura la vince.»

***

Mentre Wilfried e i bambini facevano colazione, Laura sedeva davanti a una tazza piena di caffè disegnando degli aerei sul suo tovagliolo di carta.

«Perché sono caduti?» mormorò. «Ne ho visto esplodere uno, ma era davvero soltanto uno - oppure prima si sono scontrati?» Chiuse gli occhi per richiamare alla mente quell'immagine, ma non ci riuscì. «Altrimenti perché sarebbero esplosi?»

«Sono proprio questi air show il problema.» Wilfried strinse le labbra e allungò una mano verso il panino. «Prima o poi, qualcosa doveva succedere.»

Laura scosse il capo. «Qui c'è sotto qualcos'altro.»

Manni alzò gli occhi dalla sua fetta di pane e marmellata: «Allora perché sono caduti, papi?»

«Forse per un guasto. Oppure erano stanchi. Un incidente, punto e stop. Come per gli automobilisti, solo molto più catastrofico.»

«Però tu dici sempre che solo gli automobilisti della domenica fanno gli incidenti. Gli italiani non sono mica piloti della domenica!»

«Nessuno sa ancora il perché» intervenne Laura. «Ma io lo scoprirò.»

***

Laura si recò all'hotel dove alloggiava la squadriglia italiana.

Un uomo dagli abiti trasandati discuteva animatamente con la segretaria dell'albergo in portineria. Era molto pallido e sulla giacca di jeans portava una fascia da lutto. Nel suo inglese infilava continuamente qualche parola in italiano: era evidente che aveva delle difficoltà a farsi capire.

Laura gironzolava intorno all'edicola accanto alla reception. Passando di lì, sentì che la segretaria stava parlando con lui di uno dei piloti deceduti, ma, mentre sfogliava le riviste, non riuscì a capire nulla del dialogo: era troppo distante.

Alla fine, la segretaria lasciò la reception, per tornare poco dopo insieme a un cuoco. I due uomini iniziarono una conversazione in italiano di alcuni minuti, il cui contenuto veniva tradotto lentamente dal cuoco.

Laura andò al bar e ordinò del vino rosso. Si sedette nell'angolo, di modo che il cuoco fosse obbligato a passarle accanto per ritornare in cucina. Quando lui passò, lei, con il bicchiere in mano, si fece scivolare giù di slancio dallo sgabello del bar, lo urtò e il vino le si rovesciò sul tailleur.

Laura imprecò.

Il cuoco la fissò per un momento. «Scusi, signora. Prego, venga con me in cucina; mi occuperò di quella macchia.»

Prima si sforzò di sembrare decisamente arrabbiata, poi sorrise. «Grazie. Proviamo.» Sospirò forte. «Proprio del vino rosso.»

9

«Con il sale la macchia andrà via, vedrà.»

In cucina, lei si sedette su uno sgabello pieghevole. Il cuoco rovistò in un armadio per prendere uno strofinaccio pulito.

«A proposito, mi chiamo Laura Schreiner» disse, mentre lui le si accovacciava davanti. Poiché lui non si presentò a sua volta, continuò: «Per caso l'ho vista venire in aiuto di un suo connazionale facendo da traduttore.»

Il cuoco si appoggiò lo strofinaccio sulle ginocchia. «Veramente la segretaria sa anche l'italiano, ma in questa situazione...» Sollevò per un attimo lo sguardo, poi versò del sale sulla macchia.

Laura era curiosa di vedere come avrebbe reagito alle sue prossime parole. «Sono tutti molto scossi per l'incidente di ieri.»

Lui annuì. «Perché doveva capitare proprio a noi!»

«Già, perché?» gli fece eco Laura. «Il mio bambino dice che i piloti acrobati italiani sono i migliori di tutti.» Sorrise con orgoglio materno. «Sa, se ne intende parecchio, per essere così piccolo.»

«I bambini sono svegli, molto più svegli dei genitori.» Sul suo viso rotondo comparve un sorriso. «Anch'io ho un maschietto, ha quattro anni.»

«Il mio ne ha già nove, ma sua sorella ne ha quattro: va alla scuola materna cattolica, può essere che conosca suo figlio?»

Il cuoco sfregò lo strofinaccio sulla macchia cosparsa di sale. «Certamente. A proposito, mi chiamo Tarcisio.»

Laura lo considerò come il segnale che si era guadagnata la sua fiducia e tornò ai piloti. «L'ospite che era alla reception portava una fascia da lutto: è un parente dei piloti precipitati?»

Tarcisio annuì, mentre le toglieva il sale dalla gonna. «Sìsì; ed è molto arrabbiato, perché non gli hanno voluto restituire le spoglie. Hanno messo a tacere i piloti, così dice lui.»

«La mafia che si infiltra nell'aeronautica? E in questo modo, poi? Non ci credo» affermò Laura.

«Non la mafia; la mafia è niente in confronto a loro.»

Lasciò passare un istante, prima di porre la domanda successiva. «Ma allora chi è stato?»

Il cuoco si alzò e ripose la saliera accanto ai fornelli. Quando la guardò di nuovo, aveva gli occhi stretti a fessura. «Insomma, perché fa tutte queste domande?»

Laura esitò. Forse un attimo di troppo, visto che il cuoco corrugò la fronte.

«Non è una cosa che ci interessa tutti?»

«Perché, signora?» Il cuoco si avvicinò di un passo e la guardò dritta in viso.

«Mi ha incuriosito» temporeggiò, sorridendo.

«Sta mentendo, signora. Cosa ci fa esattamente qui all'hotel?»

Indicò la propria gonna. «L'ha visto anche lei: volevo bermi del vino.»

Tarcisio borbottò qualcosa di incomprensibile, affondando le mani nelle tasche del grembiule.

«Allora adesso sta a lei, io qui ho finito. Il residuo andrà via in tintoria.»

Laura si alzò. «Oggi pomeriggio le porterò il conto.»

Il barista, con un amichevole «Offre la casa» appoggiò sul bancone un nuovo bicchiere di vino. Lei lo bevve, riflettendo su quale avrebbe dovuto essere la sua prossima mossa.

Poi apparvero due uomini: il più vecchio portava un'uniforme che non seppe identificare; l'altro la tuta blu elettrico che aveva visto nella raccolta di foto di Manni. Li osservò con più attenzione e scoprì, sulla mostrina sul lato sinistro del petto, il simbolo delle Frecce Tricolori. Dopo vide anche la bandiera italiana sulla manica dell'altro.

Poco dopo, la segretaria dell'hotel le passò accanto per entrare in cucina e tornò con il cuoco. Mentre Tarcisio discuteva con i due uomini, guardò più volte in direzione di Laura. Di colpo, ebbe la certezza che stessero parlando di lei.

Mentre rifletteva sul da farsi, notò che l'uomo in tuta guardava continuamente verso di lei. Gli sorrise. Quando lui ricambiò il suo sguardo con un'alzata di sopracciglia, lei si alzò e andò loro incontro. «Posso aiutarvi?»

«Cosa sta cercando qui? Materiale per un articolo?» chiese l'uomo in uniforme, in tedesco fluente.

Laura indugiò, perplessa.

«Non ci si dimentica di lei così facilmente, signora. Ieri ho visto come discuteva con la polizia militare.»

«Quello era ieri.» Laura guardò il più giovane negli occhi. «Era lei che mi stava fissando, non io.» Si voltò e se ne andò.

Quando nel pomeriggio avrebbe portato al cuoco il conto della tintoria, avrebbe chiesto dell'ospite italiano arrabbiato che aveva visto alla reception.

***

Andò a casa, si cambiò e portò la gonna in tintoria. Poi andò a prendere i bambini a scuola e all'asilo.

«Credo che sua figlia abbia un ammiratore» spiegò l'educatrice. Il padre di Luigi si è informato sul suo indirizzo.»

«E chi sarebbe il padre di Luigi?»

L'educatrice alzò le spalle. «Questa era la prima volta che veniva a prendere il figlio. Altrimenti viene sempre la nonna.»

«Dal papà di Luigi puoi imparare a fare la pizza» intervenne Nina. «E gli spaghetti, ovviamente.»

Laura non poteva credere che fosse una coincidenza: doveva essere Tarcisio. «Hai parlato con il papà di Luigi?» chiese a sua figlia. «Vi siete dati un appuntamento?»

Nina scosse la testa e lanciò un'occhiata di sbieco a Manni. «I maschietti sono proprio stupidi.»

Mentre tornava a casa con i bambini, si chiese come mai il cuoco dell'hotel fosse andato a prendere il figlio proprio oggi.

Li fece scendere e suonò alla vicina. «Signora Breiner, devo andare di nuovo via per mezzora. In realtà, Wilfried dovrebbe arrivare tra poco, ma potrebbe tenere compagnia a Nina e Manni fino ad allora?»

Laura si sbagliava o Tarcisio effettivamente impallidì, quando dieci minuti più tardi lei si trovò davanti alla cucina dell'hotel? «L'ho incuriosita sulla mia piccola? L'educatrice mi ha detto che non era mai andato a prendere suo figlio di persona.»

«La nonna è malata» rispose brusco. «Cosa vuole, signora?»

«Le ho portato il conto della tintoria.»

Lo accettò senza una parola e, stringendo le labbra, frugò nelle tasche dei pantaloni per cercare i soldi. Era evidente che non aveva intenzione di parlare con lei.

Alla reception chiese informazioni sul civile italiano arrabbiato, ma non c'era. E la segretaria aveva finito il turno. Laura se la prese con se stessa: avrebbe dovuto parlare con lui subito, invece di farsi cacciare via dai due soldati.

***

Sulla via di casa, un'ambulanza e due auto della polizia, con le loro sirene, la strapparono bruscamente ai suoi pensieri. Laura frenò all'imbocco della sua strada, affinché la superassero. Invece svoltarono e poi si fermarono davanti a casa sua.

Laura si spaventò e premette sull'acceleratore. Si fermò in mezzo alla carreggiata dietro alla seconda auto della polizia e ribaltò verso il basso l'aletta parasole col tesserino di giornalista. Mentre correva verso casa, un poliziotto la fermò.

Si sforzò di essere gentile. «Mi lasci passare; io vivo qui.»

«Può identificarsi?»

Ci siamo già passati ieri, pensò, lanciandosi in avanti per superarlo. Prima che riuscisse a bloccarla, lei corse su per le scale. Da sopra provenivano delle voci, poi le venne incontro un pompiere.

«Che succede qui?» Le venne un nodo in gola.

Due infermieri lo seguivano con una barella; dietro di loro ce n'era un terzo con un flacone per la flebo. Guardò il viso straziato della signora Breiner. La camicetta era imbrattata di sangue.

Laura deglutì; riprese a correre, salendo i gradini tre alla volta.

Davanti al suo appartamento c'erano due poliziotti, in piedi accanto alla porta aperta. Wilfried era appoggiato alla parete dell'ingresso.

Laura fece un passo verso di lui. «Dove sono i bambini?» La sua voce era diventata di colpo solo un verso rauco.

«Spariti!» Gli occhi di Wilfried si incupirono e la attirò tra le sue braccia.

«Qualcuno ha rapito i vostri figli» disse una roca voce femminile.

Laura si voltò. Dal salotto uscì una giovane commissaria che aveva conosciuto per un'intervista.

Wilfried la teneva stretta. «Quando sono tornato a casa, ho trovato la signora Breiner.»

«E questo.» La poliziotta porse a Laura un foglio di carta. «Può dirci cosa significa?»

Laura afferrò il biglietto con mani tremanti. «Stia alla larga, se vuole rivedere i bambini.»

«Tesoro, a cosa si riferiscono?» Wilfried la lasciò andare e le prese il viso tra le mani.

«Che cos'ha la signora Breiner?»

«Ho paura che...» Si morse le labbra, scrutandola negli occhi. «In che cosa ti sei cacciata?»

«Suona come un film scadente sulla mafia, ma dobbiamo prendere la cosa seriamente» disse la poliziotta.

A Laura vennero in mente le parole del cuoco: non la mafia. Scosse il capo. Doveva raccontare i suoi sospetti? «Cosa dobbiamo fare?» chiese invece.

La poliziotta si strinse nelle spalle. «Se non ci dà nessuna indicazione, non ci resta che aspettare.»

***

Dopo che la scientifica ebbe finito col suo lavoro, vennero lasciati soli.

«Sono sicuro che tu sappia cosa significa.» Gli occhi di Wilfried erano stretti per la rabbia e Laura si chiese per un attimo contro chi fosse diretta.

Gli riferì del cuoco dell'hotel e della sua discussione con i due ufficiali italiani.

«Allora è proprio la mafia?» La voce di Wilfried suonava sarcastica. «Vorranno qualcosa di più del fatto che tu tenga lontano il tuo naso.»

Laura non poté fare a meno di sussurrare: «La mafia è niente in confronto a loro, ha detto Tarcisio stamattina.»

Per qualche minuto, stettero seduti in silenzio nella sera che calava. Alla fine, Laura si alzò e accese la luce. «Vado all' hotel. Il cuoco la sa lunga.» Strinse i denti tanto da digrignarli.

«Vengo con te.» Wilfried si stirò il colletto della camicia e la guardò implorante.

«E se chiamassero?»

Lui chinò il capo. Wilfried le faceva pena, però non sopportava neanche lei di starsene semplicemente lì seduta ad aspettare. Il cuoco non avrebbe certo parlato, eppure almeno poteva convincersi che stava facendo qualcosa di utile.

***

«La stavo aspettando, signora» gridò Tarcisio nella sua direzione, quando poco dopo lei lo cercò con gli occhi nella cucina dell'albergo, attraverso la porta a vento di servizio.

Il cuoco lanciò uno sguardo alle due lavapiatti, posò la mezzaluna accanto a un mazzetto di prezzemolo e venne verso di lei. Si guardò le mani - tremavano -, poi se le pulì sul grembiule e infilò la destra nella tasca dei pantaloni, mentre con la sinistra spingeva indietro Laura verso l'esterno.

«Sapevamo che sarebbe venuta» bisbigliò lui.

«Chi?» chiese Laura altrettanto piano. «Me lo dica.»

Tarcisio tirò fuori una busta e gliela porse. «Non lo so. Io non so proprio niente.»

«Ovviamente.» Laura si infuriò e lo aggredì. «Lei sa soltanto il nostro indirizzo. A chi lo ha dato?»

Lui le afferrò la mano e ci mise la lettera. «Stia calma.» Tornò sui propri passi, ma si voltò ancora una volta. «Può anche immaginarselo.»

Lo osservò allontanarsi, finché la porta smise di oscillare. «Così vagamente, sì» mormorò.

Quando aprì la lettera alla luce del lampione più vicino,

rabbrividì. «Dopodomani riavrà i bambini, solo se leggeremo la VERA causa del disastro.»

La pelle d'oca le strisciò su per le gambe. «E qual è?» domandò ad alta voce nella notte.

Guardò l'orologio: in effetti, era decisamente troppo tardi per chiedere di un ospite dell'albergo. L'indomani, però, forse non ci sarebbe stato più nessuno.

Dieci minuti più tardi, Laura era seduta con l'italiano in una birreria a due isolati dall'hotel. Lui parlava un inglese pessimo e lei un italiano incomprensibile da vacanze, ma lui aveva portato con sé un blocco per appunti e sapeva disegnare bene. Per prima cosa, vi disegnò sopra le Frecce Tricolori: nove aerei in formazione e uno che volava contro di essi; su questo scrisse «Marco». Lei comprese che doveva trattarsi del pilota solista.

Nell'illustrazione successiva, il solista si schiantava contro uno degli aerei della formazione, ma lui la cancellò subito. «Impossibile» disse. Da quello che lei capì, lui non sarebbe mai rimasto sulla rotta di collisione: lo avevano ucciso.

Laura provò di nuovo a ricordare: lo scontro in volo era avvenuto prima o dopo l'esplosione?

«Perché?» domandò lei.

Lui disegnò lo Stivale italiano, la Sicilia e a nord di questa una serie di puntini; su uno scrisse «Ustica». Lì accanto, un grosso aereo con il naso immerso nel mare e su di esso «DC9 – 1980».

Laura sapeva che una di quelle isole si chiamava Ustica. «L'aereo è precipitato?» si accertò. Non riusciva a ricordare se ne avesse mai letto prima. C'erano così tanti incidenti.

Lui scosse la testa e disegnò una grande nave da cui partivano degli aerei: uno di questi sparava sul velivolo in caduta.

«Non ci credo» sfuggì di bocca a Laura in tedesco.

Lui non poteva averla capita. Tuttavia, interpretò correttamente il suo tono di voce o l'espressione sul suo viso, poiché scosse di nuovo il capo. Poi disegnò un piccolo aereo, accanto al quale scrisse il nome di uno dei piloti. E anche il nome del secondo dei piloti deceduti delle Frecce. Quindi entrambi si trovavano là e avevano visto tutto.

Laura rifletté per un po', mordicchiandosi l'unghia del pollice. «Se volevano far fuori dei testimoni, perché soltanto adesso? Perché proprio dopo otto anni?»

Lui non la capì. Sullo schizzo con i piloti acrobati, lei scrisse «1988» seguito da un punto interrogativo. Poi indicò l'anno accanto a Ustica.

Lui tirò un respiro profondo e ricominciò in inglese. Poi scosse la testa e passò all'italiano. Parlò molto lentamente: «Appuntamento: prossima settimana dal giudice. Volevano parlare.»

«E per questo li hanno uccisi adesso?» Laura strinse gli occhi. Non poteva credere alla sua storia, però Nina e Manni erano stati rapiti. Qualcosa di vero doveva pur esserci. «Chi sono loro? La CIA o gli italiani?»

Lui finì il suo bicchiere e si alzò. «Sono pericolosi. Perché fa tutte queste domande?»

«Loro hanno i miei figli.»

Per un attimo lui la guardò inorridito, poi le posò le mani sulle spalle. «Signora, i piloti sono morti. E altri testimoni pure. Faccia quello che vogliono.»

Si voltò e se ne andò.

***

Fece appena in tempo a infilare la chiave nella serratura, che Wilfried spalancò la porta. «Mio Dio, dove sei stata

18

tutto questo tempo? Non potevi chiamarmi?» Il suo viso era pallido e gli occhi luccicavano umidi. «Frau Breiner è morta.» La prese tra le braccia e la condusse nell'appartamento.

Lei si sentiva avvilita. E anche in colpa, perché non aveva più pensato che lui doveva essere preoccupato. «Ho cercato di scoprire chi ha i nostri bambini.» Laura si accasciò sulla scarpiera, stropicciandosi gli occhi che le bruciavano.

«E?»

«Non lo so in realtà. Però so bene chi c'è dietro.» Si sentì stanca morta. «È un complotto.» Si appoggiò a lui, esausta. «E adesso ne farò parte anch'io.»

Le sue spalle si irrigidirono sotto le mani di lei e trattenne il respiro.

Laura chiuse gli occhi prima di continuare. «Devo diffondere le loro bugie, così potremo riavere nostri bambini.»

***

Mentre al mattino Laura era seduta alla macchina da scrivere, Wilfried le appoggiò le braccia sulle spalle per leggere insieme quello che lei batteva. «Precipitati a causa di un errore del pilota...»

Con una mano le asciugò le lacrime sul viso. «Potrai scrivere un altro articolo in qualsiasi momento.»

Laura tirò fuori il foglio dalla macchina con un movimento brusco. «Loro ci troverebbero sempre.»

FINE

Se questo breve giallo vi è piaciuto, consigliatelo in giro.
Le raccomandazioni e le recensioni aiutano altri lettori a
trovare buoni libri.

# Sull'autrice:

Annemarie Nikolaus, originaria dell'Assia in Germania, ha vissuto per vent'anni nel Nord Italia. Nel 2010 si è trasferita con la figlia in Alvernia, in Francia.

Ha studiato psicologia, pubblicistica, politica e storia; ha lavorato, tra le altre cose, come giornalista, psicoterapeuta, consulente politica, editor e traduttrice.

Nel 2001 ha iniziato a scrivere opere letterarie.

Nel 2005 è uscito il primo romanzo in edizione cartacea. Dal 2011 pubblica soprattutto in modo indipendente.

Una biografia dettagliata si trova su Wikipedia in tedesco.

Se desiderate rimanere in contatto:
Blog in italiano: http://bit.ly/2JuLrBl
Patreon: www.patreon.com/AnnemarieNikolaus
Twitter: @AnneNikolaus
Facebook: http://on.fb.me/JLAN6J

# Pubblicazioni:

## In italiano:

**Reale Repubblica.** Collana «*Mondo in fiamme*». Romanzo storico. ISBN del tascabile 9782902412884

**Lume di speranza. Calendario dell'Avvento.** Romanzo distopico. ISBN del tascabile 9782902412433

La Corsara. Collana «*Mondo dei draghi.*» Romanzo fantasy. ISBN del tascabile 9782902412914

**Ridotti al silenzio.** Mini thriller. ISBN del tascabile 9782902412730

**Storie di magia.** Storie brevi per bambini. ISBN del tascabile 9782902412693

**Il cavallo di fuoco.** Romanzo fantasy. ISBN del tascabile 9782902412709

**Oltre la legge.** Brevi gialli storici. ISBN del tascabile 9782493398048

**La nipote.** Collana «*Quick, quick, slow – Club di Danza Lietzensee*». Romanzo d'amore. ISBN del tascabile 9782493398031

**Ritorno al parquet.** Collana «*Quick, quick, slow – Club di Danza Lietzensee*». Romanzo sul matrimonio. ISBN del tascabile 9782902412846

**Flirt con una star.** Collana «*Quick, quick, slow – Club di Danza Lietzensee*». Romanzo d'amore. ISBN del tascabile 9782902412853

**Deceduto.** Storie brevi. ISBN del tascabile 9782902412648

**Aquitania: La fine di una guerra.** Collana «*Ai bordi della strada...*» ISBN del tascabile 9782902412839

## Le edizioni originali tedesche:

## Romanzi e racconti brevi

*Storico*

**Königliche Republik**. Romanzo storico. Collana «Welt in Flammen». ISBN del tascabile 9782902412471.

**Verjährt.** Brevi gialli storici. ISBN del tascabile 9782902412549.

*Fantastico*

**Die Piratin.** Collana «*Drachenwelt*». Romanzo fantasy. ISBN del tascabile 9782902412495

**Das Feuerpferd**. Romanzo fantasy, insieme a Monique Lhoir e Sabine Abel. ISBN del tascabile 9782902412501.

**Magische Geschichten**. Storie brevi non solo per bambini. ISBN del tascabile 9782902412488

**Renntag in Kruschar**. Collana «*Drachenwelt*». Antologia fantasy.

**Leuchtende Hoffnung**. Un romanzo di fantascienza come calendario dell'Avvento. ISBN del tascabile 9782902412563

*Giallo*

**Bitterer Wein.** Collana »Médoc«. Giallo. ISBN 9782493398017

**Haus zu verkaufen.** Dramma di famiglia. ISBN 9782902412983

**Ustica**. Un mini thriller. ISBN del tascabile 9782902412556.

**Tot.** Storie brevi. ISBN del tascabile 9782902412587

**Verjährt.** (v.s.) ISBN del tascabile 9782902412549

*Rosa*

**Die Enkelin**. Collana «*Quick, quick, slow - Tanzclub Lietzensee*». Romanzo d'amore. ISBN del tascabile 9782493398093.

**Flirt mit einem Star**. Collana «*Quick, quick, slow - Tanzclub Lietzensee*». Romanzo d'amore. ISBN del tascabile 9782493398109

**Zurück aufs Parkett.** Collana «*Quick, quick, slow - Tanzclub Lietzensee*». Romanzo sul matrimonio. ISBN del tascabile 9782493398116

## Saggistica

*Da vedere in viaggio*

**Aquitanien: Das Ende eines Krieges.** Collana «*Am Rande des Weges ...*» ISBN del tascabile 9782902412570

*La collana su letteratura e libri*

**Suche Reisebegleitung**. Collana «*Fliegende Blätter*». ISBN del tascabile 9781499608427.

**Junge Welten.** Collana «*Fliegende Blätter*». ISBN del tascabile
9781500971991

24